Lettrage de couverture : Nathalie Tousnakhoff

Loi n°49956 du 16 juillet 1949 sur les publications destinées à la jeunesse
ISBN 978-2-09-251004-9
N° de projet : 10153721 - Dépôt légal : août 2008
Imprimé en Italie

Lulu-Grenadine fait des blagues

Laurence Gillot
Lucie Durbiano

Nathan

Lulu-Grenadine

rencontre

son amie Lou

au parc.

Pendant que leurs mamans parlent ensemble, Lulu-Grenadine montre discrètement à Lou le rouleau de scotch et les poissons en papier qu'elle a cachés dans son petit sac à dos.

– Aujourd'hui, c'est le 1er avril ! explique-t-elle. Viens, on va faire une farce à la grand-mère qui mange un gâteau là-bas sur le banc.

– Bonne idée ! dit Lou.

Sitôt dit, sitôt fait, les deux coquines s'approchent par-derrière et collent un gros poisson rouge à pois verts sur l'épaule de la vieille dame.

Mais tout de suite celle-ci se retourne !
– Bonjour, mes gentilles demoiselles ! dit-elle en souriant.

Lou et Lulu-Grenadine répondent en chœur joyeusement :
– Bonjour madame !

Et vite, elles s'en vont en courant.

– Elle n'a rien senti !
s'écrie Lulu-Grenadine.
– C'est trop drôle ! On continue !
décide Lou en sautant sur place
comme une puce.
– D'accord ! Reste ici et regarde-moi !
lui ordonne Lulu-Grenadine.

Sur la pointe des pieds, elle suit
un monsieur qui tient en laisse un caniche.
Elle s'approche, elle s'approche et hop !
ni vu, ni connu, elle dépose dans les poils
du chien un poisson jaune aux yeux bleus.
Lulu-Grenadine est fière d'elle et Lou
est écroulée de rire.

– Encore ! hoquette Lou.

– Maintenant, on va en coller à nos mamans, commande Lulu-Grenadine. Toi à la tienne, moi à la mienne.

– À trois, on y va ! propose Lou.

Un, deux et…

Elles foncent droit sur leurs mamans,
elles sautent dans leurs bras et... clac !
le tour est joué.

– Comme elles sont câlines ! s'exclame la mère de Lou en adressant un clin d'œil à la maman de Lulu-Grenadine.
– C'est raté ! chuchote Lulu-Grenadine à l'oreille de son amie. Elles s'en sont rendu compte.
– Alors, il faut leur faire une autre blague ! murmure Lou.
– J'ai une idée ! s'exclame Lulu-Grenadine.

Aussitôt elle s'accroupit, elle saisit à pleines mains le mollet de la maman de Lou en criant :

– Ouarf ! Ouarf !

La maman de Lou hurle, la main sur le cœur :

– Aaah ! Aaaah ! Aaaaah !

J'ai cru qu'un chien me mordait !

– POISSON D'AVRIL ! crient triomphalement les deux fillettes.
– J'adore quand on fait les folles ! claironne Lou.

Soudain, la vieille dame leur fait signe d'approcher.

– Venez ! Venez ! appelle-t-elle en montrant du doigt un grand arbre.

– Qu'est-ce qu'il y a ? demandent les deux fillettes.

– Il y a un petit ouistiti là-haut.

– Où est-il ? demande Lulu-Grenadine, je ne le vois pas.

– Là, sur la branche ! précise la grand-mère.

– Où ça ? dit Lou en fronçant les yeux.

– Poisson d'avril ! s'exclame alors la dame en montrant la bête à pois qu'elle a dans son dos.

Lulu-Grenadine et Lou sourient
mais elles ne sont pas contentes
de s'être fait prendre si bêtement.
– Puis-je leur offrir une glace ? demande
la grand-mère aux mamans.

– Oui ! répond immédiatement Lulu-Grenadine. Moi, j'en veux une à la tomate !

– Et moi, à la nouille ! dit Lou.

La dame les regarde d'un air étonné.

– De mon temps, il n'y avait pas tous ces parfums !

– POISSON D'AVRIL ! s'écrient les deux amies en explosant de rire.

Tu as aimé cette histoire, découvre

★Série *Lulu-Grenadine*

des histoires de Laurence Gillot,
illustrées par Lucie Durbiano

Lulu-Grenadine sauve les doudous

Ce matin, dans la classe, Lulu-Grenadine et Lou, sa copine, sont tristes. Elles ne veulent pas laisser leurs doudous dans la caisse à doudous. Lulu-Grenadine a une idée…

Lulu-Grenadine veut voir le père Noël

Demain c'est Noël ! Lulu-Grenadine s'inquiète : est-ce que le père Noël reçoit des cadeaux, lui aussi, le jour de Noël ?

Lulu-Grenadine se perd dans un grand magasin

Pendant que sa maman choisit une robe, Lulu-Grenadine joue à se cacher dans les vêtements. Elle s'amuse beaucoup quand, soudain, elle aperçoit au loin son père et sa chienne Louna !

vite dans la même collection :

★ Série *Le roi des Ogres*

des histoires de Didier Lévy,
illustrées par Anne Wilsdorf

Le roi des Ogres et la purée de carottes

Bouba, le roi des Ogres, adore manger les moutards ! Waldemar, son cuisinier, lui sert son moutard avec de la purée de carottes. Et Bouba déteste la purée de carottes !

Dégoûtant comme un éléphant

une histoire de Anne Ferrier,
illustrée par Virginie Guérin

Tom ne veut pas se laver. Il préfère rester dégoûtant comme un éléphant. Mais après tout, les éléphants se lavent bien les oreilles ! Il l'a vu au zoo la semaine dernière…

Pipi, les dents et au lit !

une histoire de Hubert Ben Kemoun,
illustrée par Anaïs Massini

Encore une histoire, un verre d'eau, un câlin ! Maman n'arrive pas à coucher son petit coquin, même en laissant la petite lumière…